AF595962

Crónicas de la ironía

Astrid Adrianzén Vite

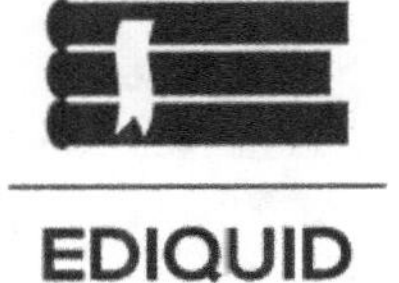

EDIQUID

CRÓNICAS DE LA IRONÍA

Editado por: Corporación Ígneo, S.A.C.
para su sello editorial Ediquid
José Olaya 169, Ofic. 504, Miraflores. Lima, Perú
Primera edición, enero, 2025

ISBN: 978-612-5184-32-0

Hecho el Depósito Legal en la Biblioteca Nacional del Perú N° 2024-13819

www.grupoigneo.com
Correo electrónico: contacto@grupoigneo.com | Teléfono: +51 955 071 270
Facebook: Grupo Ígneo | X: @editorialigneo | Instagram: @grupoigneo

Colección: Nuevas Voces

Contenido

Prólogo....9

Andrés....10

A quienes no volví a ver....14

Canica....18

Carroñeros....21

Colita....31

El miserable....38

El pan....40

La biblia....45

La loca de la avenida....53

Los mellizos....58

Veinte céntimos....61

A mi madre.
A mi padre.
A mis pequeños y eternos bichitos.
Porque el amor que siento por todos ellos rebasa
las barreras de la eternidad.
Y porque, aun en su infinidad, sigue siendo insignificante.

Prólogo

Siempre quise escribir. Inventarme historias de amor, de ficción, con finales perfectos o de ensueño; protagonizadas por mujeres que tomaban decisiones fatídicas, dejándose llevar por la pasión de sus sentimientos, llantos descontrolados, corazones rotos y restablecidos luego.

Sin embargo, existen más razones que podrían ser consideradas y que son, cruelmente, artísticas.

Solemos vivir a ciegas, transitando al azar y sin darnos cuenta de lo que nos rodea. Caminando y arrastrando las pisadas, sin culpa.

Los relatos aquí presentados narran situaciones familiares, que van desde lo anecdótico a lo trágico, nada fuera de la realidad; en todo caso, reflejan historias que vivimos y con las que nos codeamos casi a diario, que pueden estar dentro de nuestro propio contexto o le sucedieron a alguien cercano, conocido. Es casi imposible escapar completamente de ello. Son historias que la sociedad cubre o ignora, debido a la vergüenza o crudeza de los hechos.

Pero la realidad cotidiana es hermosa en su imperfección y poética entre sus horrores. La crueldad se transforma en arte, y las mentes creativas recogen las impurezas de la vida para adecuarlas a su conveniencia. Los autores no somos más que observadores cautos, como aves de rapiña, al acecho de desgracias, en el peor de los casos, o de acontecimientos protagonizados por desafortunados que estén dispuestos a compartir sus vivencias.

Al fin y al cabo, el ser humano no es más que un alma a punto de caer en la miseria de las tentaciones, decidiendo una y otra vez, enredando el tejido, anudando las puntas y fastidiando su misma existencia. Es lo que conforma la ironía de nuestro destino: caemos, nos levantamos, pero volvemos a equivocarnos de alguna manera, y la vida se ríe cada que tiene la oportunidad.

Andrés

Andrés se ubicó entre los asientos del bus, mirando a su alrededor como nadie más que él sabía hacerlo. Muy pronto se quedó perdido en sus pensamientos, absorto en los rostros de las personas, creyendo adivinar sus vidas. Le llamaban la atención las facciones humildes, los ojos expresivos rodeados de arrugas, la ropa desgastada y la miseria humana. Escogió un lugar al lado de la ventana, se percató del reloj y la precisión de los minutos que le quedaban. Respiró, vinculó sus audífonos y puso una de las tantas músicas en idiomas raros que solía escuchar.

Durante los interminables segundos de detención del semáforo en luz roja, divisó, de pronto, un fragmento de papel desprendido de anuncios publicitarios, de esos tantos políticos queriendo hacerse un lugar en la historia, pegados ilegalmente en la ribera del río. El trozo se levantó por los aires, giró, bajó y volvió a subir, resistiéndose a perder la batalla.

Andrés, dejando de lado el análisis humano en que se había involucrado, rotó el foco de atención a la lucha que le pareció interesantísima; la resistencia de aquel insignificante papel podía ser interpretada como una reflexión filosófica profunda o un mero cumplimiento de las leyes de la física.

El mundo le pareció interesante, más de lo que le hubo parecido segundos antes. Satisfecho, luego de ver caer el pedazo de anuncio rendido y sin fuerza de levantarse por obra de la fenomenología, el muchacho continuó enfocándose en otros temas triviales. Tomó su teléfono móvil y comenzó a escribir en su diario. Sin embargo, algo le molestaba, un pensamiento obsesivo le martilló en sus adentros. Intentó ubicar la razón, en medio de tantas ideas locas y desenfrenadas, sin comprender en realidad lo que verdaderamente presentía.

Recuerdos macabros, vacilaciones, gritos. Cerraba los ojos con fuerza y sacudía la cabeza con ferocidad. Golpeaba su frente varias veces, intentando desviar la oscuridad. Más de una vez sentía aproximarse al espectro que le acechaba; en segundos, los rostros se distorsionaban formando figuras de cera derretida, con tonos oscuros. Volvía a cerrar los ojos y los frotaba con el revés de las manos: los demonios volvían al sueño latente, casi despierto. Era hora.

La chica se acercó de repente, con voz tímida y mirada nerviosa. Preguntó acerca del asiento libre al lado. Andrés se descolocó, recogió de prisa la mochila abultada que cargaba consigo, dejando desocupado el espacio lateral; procedió a asentir y sonreírle encantadoramente, mostrando parte de su perfecta sonrisa. Andrés era un joven agraciado, atractivo, con carisma y originalidad. Sus atributos físicos complementaban los ejes de su personalidad, conocido por su estima y educación. Achinó los ojos para completar la sonrisa.

Ya la conocía. La había visto subir de un día a otro cerca de la Plazuela; vestía sencilla, utilizaba una horrible gorra verde fosforescente. Fue principalmente ese detalle el que llamó su atención. Cuando se sentaba, casi de inmediato sacaba apuntes para continuar repasando durante el trayecto. Bajaba la cabeza y ponía su cabello detrás de las orejas, ladeaba el cuello y se perdía en el mundo de figuras y letras. A veces llevaba un libro y remarcaba frases. En pocas ocasiones intercambiaban miradas llenas de vergüenza; pensó que la conocía de toda una vida entera, tomó algo de valor y suspiró antes de siquiera cruzar alguna palabra.

—*El caballero de la armadura oxidada* era una de mis obras favoritas.

La muchacha, impresionada por la frase, incrementó el interés en el apuesto chico. Ambas miradas se mantuvieron firmes por primera vez e iniciaron, contra todo pronóstico, una conversación amena y llena de detalles increíbles acerca de los libros o anotaciones que portaba.

—¿Te bajas aquí? ¿Dejas que te acompañe un poco más?

Se sintió halagadísima. Preguntó por su nombre, números de contacto y anunciaron que su paradero estaba próximo.

—Sé que recoges tu cabello y lo tiras hacia atrás con un movimiento gracioso, impulsas tus manos y consigues ventilarte con delicadeza. Escribes con la mano izquierda mientras juegas con los nudillos de la mano derecha. Subes a este mismo bus cada dos días y te quedas hasta tu instituto, posees una libreta con el membrete del lugar donde estudias, apuntas en ella las ideas maravillosas luego de remarcar con lapicero las frases significativas para ti. Sé que te sientes en soledad y que a quien le dices mejor amiga no comparte tus mismas inquietudes. Quieres desaparecer sin retorno, pero no consigues el valor para hacerlo por tu cuenta; imploras piedad y ruegas a diario que la vida se te escape todas las mañanas y en algún momento pierdas el alma. Utilizas ropa suelta para cubrir el dolor que tu padre provoca al abusar de ti.

La jovencita se detuvo en seco, retrocedió espantada; sus ojos reflejaban terror puro; quiso correr, pero un brazo la sujetó por la cintura.

—Te ayudaré, déjame ser tu ángel de la muerte.

Dejó caer algunas lágrimas de dolor e impotencia; no pudo moverse, se debilitó y se vio encerrada en su soledad. Se arrodilló y se sentó sobre sus talones, cubrió su rostro lleno de lágrimas mientras abandonaba de a pocos y lentamente el dolor de su miserable fin.

A algunos metros de ahí, en llamas, el bus yacía sobre uno de sus laterales. Las personas evacuaban y otras ayudaban a apartar los fierros ardientes. Los cadáveres se prendieron en fuego; quizás algún sobreviviente desafortunado fue sometido al infierno y corrió con la misma suerte. Delante del aparato, a punto de desvencijar, varios automóviles detenidos rodeaban el vehículo mayor mientras sus choferes espectaban el fatídico escenario.

Andrés tomó a la muchacha de la mano y avanzó entre los retorcidos metales. Nadie los vio, nadie siquiera se percató de ellos o les hizo alguna pregunta.

Entre los asientos incendiados, la joven habría respirado por última vez, haciendo que sus pulmones colapsaran y en su sangre se expandiera la suciedad.

A quienes no volví a ver

Tenía alrededor de dieciséis años cuando reparé en el hombre que tocaba la trompeta en la Plaza de Armas.

No utilizaba marco musical ni pistas. Eran él y su trompeta, jugándoselas por algunos centavos. Dominaba el instrumento y su agilidad era envidiable. Nunca supe si tenía algún tipo de preparación, escuela o método. Solo que, a ciertas horas de la noche, su sonido revoloteaba por los asientos y llamaba poderosamente la atención de ese público improvisado.

Muchos extendían propinas; al menos algunos días eran mejores que otros. Las noches más solitarias eran de mala suerte, aunque de igual manera, parado en la esquina que da a una popular heladería, armado de paciencia, repetía sus rutinas.

Creo que no estoy mintiendo si refiero a tener dieciséis años cuando me percaté de él. Lo había escuchado años antes, pero fue en esa época, a mis casi diecisiete, el momento en que decidí, también, apoyarlo económicamente. Para mi pésima suerte, nunca traía cambio suelto, y si lo llevaba, eran las únicas monedas que cargaba para toda la semana. Era la típica crisis de estudiante universitario: daba limosna y me quedaba sin copias del libro o pasajes, incluso sin almuerzo.

Durante un par de años más, al retirarme de la universidad e inscribirme a una escuela pública de arte, seguía retornando por el mismo lugar, yendo a casa, mientras lo veía y escuchaba tocar, con la vergüenza de nunca darle un solo céntimo. Mi fantasía era poder darle una moneda de cinco soles, la moneda más grande que el peruano puede permitirse. Asimismo, muchas veces iba acompañada de amigos igual de miserables y sin real que pudiera colaborarle.

No lo analizaba más a fondo, simplemente decía: «para la próxima será».

Se llegó el final de mi carrera, gastos, correteos, lloros y estrés. No frecuentaba tanto los mismos sitios, y si lo hacía, era más temprano o más deprisa. Aun de lejos, le escuchaba, así no pensara tanto en él con la pasión de la caridad.

Días luego de mi graduación, pasé con quien era en ese entonces mi amigo más cercano, hablando sobre el viejito trompetista prodigioso, que llevaba días sin aparecer. Los temas iban y venían; supusimos que no llegaría a tocar esa noche, de modo que seguimos sin pensar más en ello.

A partir de ese entonces, con algo más de dinero en el bolsillo gracias a mi primer trabajo, iba a todo lugar siempre preparada para, al fin, darle la dichosa moneda de cinco soles que por años ansié. Una forma de agradecer y halagar el talento que durante tiempo atrás formó parte de esa plazuela silenciosa en las noches más frías y llenas de vida y estupor en la oscuridad veraniega.

Y la moneda se oxidó, la gasté, intercambié, volví a colocar otra en ese bolsillo especial de mi cartera. Nada. Nunca más volví a escucharlo. Han pasado años desde que me resigné a no saber más de su paradero; queda en mi imaginación, y solo resta sacar conclusiones.

Las desapariciones repentinas, supongo, nos persiguen a todos, pero ¿todos son tan conscientes tal y como me perturbo yo misma?

Camino al mercado central de la ciudad, siempre, en una de las avenidas más concurridas con fama de perversión, se encontraba, sentado en una silla de ruedas, un hombre de mediana edad, con lentes de marco grueso y cabellos ralos, ondulados, mirada bondadosa y una sonrisa llena de humildad. Se colocaba cercano a una esquina, frente al pequeño puesto de periódicos que, según deduje, era suyo. No pedía limosna, pero entregaba volantes de escuelas para aprender a manejar maquinaria pesada. Siempre recibía los tres o cuatro papeles que me alcanzaba. Es más, a propósito, pasaba junto a su lado y que pudiera llegar a mis manos. Me conocía y sabía que no se los iba a rechazar. Nunca tuve el valor de acercarme y preguntarle algo; quizás la escasez de habilidades sociales me jugaba en contra. Solo recibía las propagandas, una y otra vez, día tras día, sin quejarme. Leyéndolas millones de veces, guardándolas en el morralito, dejando que se acumulen docenas antes de botarlas en casa. Aprendí mucho de esas cuartillas de papel, me enteré de los tipos de excavadoras, aplanadoras y el nombre de las máquinas que veía trabajar en obras municipales. Retroexcavadoras, remolques, garra... al menos conocía sus nombres sin confundirme, a pesar de ni siquiera figurarme encender una y echarla a andar. Ni en mi más remoto sueño.

En resumen, al cabo de unos años dejé de verlo. De la nada. Una tarde me entregó los últimos folletos y la tarde siguiente no volví a saber de él, jamás. En su lugar, ahora, un joven reparte los mismos volantes, pero muchas veces mira su teléfono, así que deja pasar a potenciales clientes por distraerse. Incluso yo misma, llevada por la nostalgia, miro hacia su puesto de periódicos cerrado, con algunos anuncios viejos pegoteados y un tanto arrancados. Preguntándome qué es o habrá sido de él antes de desaparecer.

De la misma forma, a unas cuadras de mi barrio, a puertas de un supermercado, una peculiar dama cuidaba el estacionamiento, sacando a cambio algún sencillo. Los compradores acomodaban sus vehículos y ella se sentaba en uno de los resaltos aledaños, vigilante.

Los mototaxistas del paradero contiguo le decían «la sirena» por la deformidad de sus muslos. Estaban algo torcidos y las pantorrillas miraban hacia el exterior, haciendo que el final de sus piernas imitara un triángulo regularmente abierto, como una cola de pez. A veces la llamaban por el diminutivo, pero nunca por su nombre real. Nunca me enteré de cuál era.

No hace mucho, casi un año, me atrajo un anuncio en la pared de la maxi tienda. En una cartulina de color celeste había una escritura desprolija, descuidada, con plumón rojo. Ponía: «Nuestra amiga, la sirena. Te vamos a recordar por siempre».

Un hachazo repercutió en las inmensas ganas de llorar. No pregunté. Fingí que no me importara, seguí mi camino con la congoja cada segundo más pesada. Al lado del pequeño letrero unos globos pretendían hacerle un noble homenaje.

Faltaba su estrepitosa risa, sus gritos de «yo te cuido la motito, mi amor, bien cuidatita» para que estacionaran ahí, o al publicitar el paradero de los coleguitas «aquí hay motito, señito', seguros y confiables son los muchachos, lleve, lleve barato».

El cartel había sido puesto por ellos, los tipos de las motos.

Era imposible olvidar a la mujer. Siempre con su toallita mohosa en el hombro, una cangurera sobre la panza sobresaliente, utilizando una malla pegadita de lycra. Pensé que nadie la olvidaría y que el luto se haría eterno. Todo pareció volver a la normalidad un par de días después. Como si nadie hubiera existido, ni nunca hubiera hecho falta. Como si «la sirena» se convirtiese en nada más que espuma.

Pero el tiempo, maldito tiempo, vuela incansable y demasiado rápido. ¿En qué momento te acostumbras a frecuentar a alguien y luego debes desacostumbrarte a tenerlo ahí?

Me alejé reflexionando, sin extrañarme de cómo nada está dispuesto a quedarse en su lugar. Cambiamos, vamos, pero no necesariamente volvemos. Y si volvemos, por gracia de la reencarnación, ya no seremos quienes fuimos.

Canica

Cuando quiso dejar el colegio, todos dejaron de lado sus esperanzas, le dieron la espalda, vieron el fracaso de su existencia y su absoluta carencia de objetivos.

Cada que pasaba y entraba a su casa, escuchaba el murmullo nada silencioso de las señoras adictas al chismerío: «pobre su mamá», «¿qué se ha creído?», «otro que se pierde».

Canica, como le decían sus falsos colegas, se cerraba la casaca hasta el mentón, tratando de ocultar la poca vergüenza que le quedaba, bajaba la gorra desteñida y vieja hasta los ojos y metía las manos a sus bolsillos, jugueteaba nerviosamente con las moneditas que había ganado apostando en las cartas.

No se había ganado ese sobrenombre en vano. Desde chiquito fue un apostador privilegiado; tenía bolsas repletas de esas bolitas de vidrio multicolor, cientos de conocidos trocitos circulares de plástico que coleccionaba hábilmente, ganándolos en batallas de «volteados» o que encontraba en paquetes de *snacks* comprados con los cincuenta céntimos sacados en pleno sigilo de la cartera de mamá. Al comienzo ganaba pequeños objetos en recompensa; luego fue refinándose más y apostaba monedas de bajo valor. Siempre tenía dinero en las bolsas, pero nunca duraba mucho tiempo hasta antes de volverlo a perder; era un ciclo vicioso conocido: ganar, reinventar, perder, reintentar, ganar...

Cansado de las apuestas pequeñas, aprendió a jugar al póker, contar mazos, sentarse en la esquina con otros adolescentes, esperando milagros del azar o probando suerte en las maquinitas con luces que corrían de espacios a otros. Desperdiciaba horas prendido del metal celeste, presionando botones, introduciendo monedas, riendo en complicidad.

Su abuelo, que en paz descanse ahora, se acercaba a él, amorosamente le colocaba en orden la corbata del uniforme, engominaba su cabello y le decía a diario lo orgulloso que estaba y cómo deseaba que sacara a la familia del profundo dolor moral en que se encontraba. Canica lo abrazaba con fuerza, con una fuerza entrañable, y se iba feliz al colegio, a comer el emergente refrigerio que encontraba empacadito entre plásticos de dudosa procedencia. Le daba un beso a su madre y corría a ponerse la mochila; se despedía del perro de turno y montaba la moto de su padrastro.

Al regreso, la comida lista, tibia y la sonrisa cálida de su abuela, con ojitos achinados por la vejez, párpados caídos y comisuras llenas de líneas y arrugas. Engullía a toda velocidad para ir a saludar a la calle y mezclarse en el mundo del no tener reglas.

Lloró la muerte de su abuelo, un tremendo dolorazo que nunca en su existencia hubo experimentado antes; se abrazó al féretro, inconsolable, con la intención de que lo enterrasen con él, de hundirse en la tierra mojada y llenarse de gusanos, aún en vida. La abuela moriría de pena y soledad poco tiempo después. Así, se acabaron los momentos de arrullo, café con leche y galletitas o fruta en el refrigerio. Las propinas escasearon y los recreos transcurrían con una sensación de nudo en el estómago, con infinita soledad. Clavaba la mirada en el hueso roído que era lanzado a los perros. No pasó mucho tiempo para proponerse a apostar marihuana o cigarrillos comunes, e incluso para comprarlas por su cuenta. Se volvió común que regresara a altas horas de la noche, con la mirada perdida, en carne viva, babeando o mascullando estupideces. Apostó la suerte y consiguió un revólver viejo; un par de tiradas más y ya estaba cargada.

Un día decidió que la escuela le quitaba el tiempo y que, de todas maneras, no aprendía nada interesante o fácil. Con toda una mañana libre, se levantaba a la hora que le entraban ganas, salía, desayunaba gritos, almorzaba reprimendas y regresaba para la cena de azotes desmedidos. La mano del hombre que besaba a su madre en la intimidad producía que le ardiera la dignidad y que se le desbaratara el orgullo. Se le inyectaban los ojos con ansias de librarse de él.

Sintió cómo constantemente lo tildaban de inservible, sin propósito, y como las palabras no hacían más que llevarlo a las profundidades de un océano inexplorado y peligroso, ahogarse y resignarse a no salir, sumiéndose en la desesperación muda de la culpa creciente. Queriendo salir, pateando con fiereza, pero luego rindiéndose para tratar de olvidar y quitarse el mal humor de encima, trasluciendo los deseos más insensibles y los demonios interiores.

Uno de esos demonios lo traicionó, desenmascaró la ira y la frustración acumuladas con el pasar de los días y la indiferencia de quienes decían quererlo. El odio al abandono y la rabia empuñaron el arma por cuenta propia.

Abalanzado, sin contener la furia, cerró uno de sus puños y tiró del gatillo. Una vez. Otra vez. Perdió la cuenta. El hombre se desplomó dejando un reguero sanguinario sobre el suelo inmundo, lleno de berrinche y excremento. Se direccionó hacia la mujer que lloriqueaba con claro temor.

Surcado de amargas lágrimas, heridas abiertas por el maltrato constante y dolorosas muecas de decepción, el rostro de su madre se abrió paso ante los gritos.

—Ojalá te mataran, hijo de puta.

Esas palabras le dolieron más que la muerte misma; se sintió perdido, con las fuerzas que le quedaron atravesó el umbral de la puerta por última vez, su última salida sin retorno, dispuesto a extinguirse en sus decisiones turbias. Los gritos de la gente resonaron horrorizados en medio de la calmada noche.

Carroñeros

Por más que ahorraba y reducía sus gastos, no le era posible reunir lo suficiente para mantenerse en la universidad. Incluso tenía su alimentación en el completo descuido: formaba interminables colas fuera del cafetín estudiantil, cuando pasaba la hora del almuerzo, solo para intentar pescar algunos restos raspados del final de la olla, antes de que las trabajadoras los tirasen a la basura.

—¡Carroñeros! —les gritaban despectivamente. La expresión identificaba muy bien a los jóvenes expectantes del casi «concolón», como se le conoce en el norte a la costra del arroz. Pero este de concolón no tenía nada. Era más bien arroz sobrecocido y apenas quemado, con un sabor y textura a galleta, acompañado de menestras frías. A veces alcanzaban unas hilachas de carne o pollo, otras solo sobraban un par de cucharaditas de aderezo aguado para darle sabor a la resequedad. De vez en cuando tenían más suerte y les llenaban la bandejita de comida con un poco más de calidad y cantidad.

El muchacho bajaba la cabeza y comía callado, agradeciendo al cielo un día más de alimento, aunque notara que le aparecían unas manchas blancas en la cara y el cuerpo, producto de una posible anemia. Maldecía y las atribuía a la pobreza; tener tarjeta oficial del comedor era algo que mes a mes ni pretendía contarlo en su presupuesto.

Dos o tres veces por semana ayudaba en un restaurante cercano en el turno de la tarde. Esto era cuando nadie podía cubrir el horario y recurrían a él. Aunque era torpe y tímido, se concentraba en prestar el mejor servicio y ganarse algunas propinas adicionales. Esto le servía para pagar el cuchitril sin perder demasiadas clases.

Pasaba semanas encerrado por las noches en una pequeña habitación de cuatro paredes, con un colchón en el suelo, sin catre, con una apolillada mesa de chicherío diminuta en una esquina y una cuestionable toma de corriente con los cables exhibidos a la que le había aprendido la maña. No invitaba nunca a nadie a su cuarto, mucho menos hacía la mínima referencia a su lugarcito para no permitir un asomo de curiosidad.

Prendía, como único acompañamiento, una lamparita LED de poco voltaje y estudiaba lo que alcanzaba antes de que se le pusieran los ojos rojos. Se acostaba relativamente temprano para madrugar y aprovechar la claridad del día y terminar pendientes. Era el único que presentaba informes académicos en hojas cuadriculadas tamaño oficio, escritas por los dos lados a puño y letra, o el tacaño que copiaba religiosamente y en resumen alguna separata que no se permitía fotocopiar.

La verdad, extrañaba su tierra, el pedazo de chacra, la pobreza y sus vaquitas huesudas. Levantarse con el amanecer e ir a cambiar el pienso de sus gallinitas y ser correteado por sus perros. Lavarse la cara en el canal de regadillo donde lavaban la ropa y en el que las acémilas tomaban agua. Entrar a su choza inmensa, con pisos de tierra mojada y pampa, esperando el desayuno que solía consistir en tamales con carne, un *bowl* de leche de cabra o avena cargada, levantarse de la mesa e ir a buscar las papas para el almuerzo. Hubo un tiempo de total y plena abundancia, en que los campos eran surtidos y las cosechas de buena calidad. Su padre se echaba la bendición en la frente y los mandaba a ayudar al campo. Con los dedos reventados, pero felices con la temporada. Asimismo, el tiempo de los fenómenos ambientales cayó con la fuerza de una plaga apocalíptica para ellos. Derribó y trajo abajo la labor de años, haciéndoles perder casi la totalidad y ensartarse en una serie de deudas fastidiosas. Se acabaron las comidas prominentes de la nobleza campesina, tardarían algunos años en darle realce, y aun así, volver a la prosperidad anterior fue imposible. A los muchachos los mandaron a la ciudad, a casa de algún familiar piadoso que los recogiera y se hiciera cargo del colegio estatal y de sus exámenes de admisión.

Fue en la ciudad donde él y sus hermanos recibieron los apodos de «colora'o», «gringo pobre», «serrano», entre otros atributos notablemente racistas, aunque no siempre se hicieran con mala intención. Sus hermanos se rindieron a la vida citadina y se regresaron despavoridos, pero él continuaba, constante, con una terca idea en la cabeza.

Poco a poco, un día sí y otro también, comenzaba a detestar la idea de perseverar, pero se mantenía inquebrantable y firme en su reto: terminar de estudiar, tener un trabajo y mantener a sus padres. Repetía internamente y se daba ánimos, aunque cada vez sentía que el tiempo se le absorbía y terminaba multiplicándose.

Normalmente se le quitaba el sueño cuando no tenía asegurada la plata del mes. En esa ocasión salía casi a oscuras y paseaba por los jardines de la urbanización a rogar una propina porque le dejen sacar la basura o podar hierbajos. Los sábados sí tenía un sitio seguro en un conocido restaurante local. Se iba caminando cuatro o cinco kilómetros desde las seis de la tarde para empezar su turno a las siete y media. Su tarea consistía en sacar cerveza helada de la «chancha», una enorme olla de caucho como de llanta de tractor, cortada con algo para dejarle asas. Entre el hielo seco y la prisa, metía la mano desnuda y tomaba a las botellas llenas por el cuello. Con la otra se apoyaba del borde y terminaba secando con la palma lo que extraía de entre las aguas.

No pagaban mucho, pero redondeaba lo que le faltaba. La casera del cuarto era una mujer comprensiva, le facilitaba chambitas y mandados sencillos. Confiaba en el muchacho y lo enviaba a hacerle el mercado de la semana. Le regalaba varias cositas, hojas, cuadernos o libretas con la marca de alguna empresa. En ella encontraba una figura materna a la que no quería fallarle y temía deberle. La señora era jubilada, vivía de la pensión miserable por haber aportado más de veinte años al estado, y lo que ganaba de los arrendamientos. Su fiel compañero era un perro con obesidad, viejo y con babas cayendo por los hocicos carnosos y desprendidos. A veces limpiaba la porquería del perro cuando la dueña se lo pedía y lo bañaba al menos una vez por mes. Miraba sus gorduras y pellejos en colgajos y se le llenaba de agua la boca tan solo al imaginar darle un mordisco a esa carne ahumada; despertaba de sus vacilaciones y juraba observar al perro burlándose de él, comiendo desde su gran cuenco de croquetas a prueba de sus debilidades renales.

Lo cierto era que como él varios pasaban por las mismas desgracias, comparándose con animales callejeros.

Los días transcurrían sin demasiadas variaciones, casi los mismos problemas y las mismas necesidades. Un jueves, cerca de las cinco de la tarde, se acerca uno de los alumnos más o menos cuestionables a la mesa de la biblioteca donde estudiaban un grupo de recurrentes.

—Necesito gente y va a haber plata, con eso les digo todo. El que sabe de qué va, mejor que se calle la boca si no va a aportar nada.

Rivas Arellano tenía un perfil del delincuente de la facultad, siempre metido en negocios nada transparentes, con plata en la billetera y una actitud canchera de dominancia absoluta, sintiendo el mundo a sus pies. Sus negocios no eran tema superficial, siempre involucraba perder o arriesgar algo para conseguir dinero; todos sabían eso, además que se codeaba con la política universitaria, cual pequeño bufoncillo.

Una mano se levantó de entre los presentes, extrañamente, segura, sin titubear y resuelta.

—Vaya, «serrano», no pensaba que tuvieras huevos.

Rivas vio la determinación en los ojos del hombrecillo, le sonrió con un medio gesto de aprobación y lo llamó afuera.

Caminaron juntos hacia unas zonas traseras de las últimas facultades de ingeniería, por detrás de los edificios de medicina humana, a reunirse con otros voluntarios ajustados económicamente que tampoco tenían la mínima idea del prometedor negocio.

—Lo que se hable aquí, queda aquí, ¿me entienden? No me obliguen a sacarlos de aquí y no poder volver a pisar nunca sus facultades. El que «arruga» es traidor, ¿oyeron?

Pasaron saliva; el entusiasmo inicial se había dispersado ante la amenaza latente.

—Necesitamos gente comprometida y con ganas de ganar plata, que ayuden a surtir uno de los laboratorios de la facultad de medicina. A un... amigo mío —dudó con la expresión— le han solicitado un cuerpo, fresquito. Paga muy, muy bien. Tiene dinero pues, es de buena familia. Pero no quiere mancharse las manos, es un desgraciado; lo bueno es que hay plata de por medio y bastante. Cuento con ustedes.

Se miraron con miedo y extrañados ¿había dicho un muerto fresco? ¿Cuerpo muerto? ¿Desenterrar? ¿Era eso lo que realmente significaba?

Un escalofrío mermó la valentía de los voluntarios, quienes sintieron el estómago revolverse de tan solo pensarlo.

Rivas siguió mencionando algunas reglas para el encuentro nocturno, el lugar, la hora y lo que debían llevar. Les aseguró que tenían el permiso que paga el dinero para entrar y saquear al muerto escogido. Comentó sobre un muchacho que había muerto en accidente hacía dos días, al que estarían enterrando en ese momento, y que la familia no se daría cuenta, porque la lápida estaría fresca. Rivas hablaba y hablaba con mucha seguridad, tratando de envolverlos con sus palabras y animándolos a estar tranquilos. Contó que el muerto era un hijo de puta que necesitaba irse al infierno, que de ser posible lo habría matado con sus manos.

El serrano estaría atento y asentiría casi por obligación; sujetaba fuertemente sus manos y hacía puños de rato en rato. Rivas se despidió y le estrechó la mano, se rio al darse cuenta de que la tenía sudorosa y helada.

—Cálmate, colora'o. Esta noche te llenas de plata, doscientas lucas para cada uno, serrano, doscientas. Está bien, ¿no?

Dio vueltas en su pequeña pieza, rodeando la cama en dos o tres pasos para regresar sobre los mismos. Sudaba frío y se limpiaba la humedad con el polo. Se sentó un rato sobre el pedazo de espuma y trató de reflexionar si valía o no la pena arriesgarse hasta ese nivel. La hora pasaba extremadamente rápido, y de cualquier forma la decisión había sido tomada por ellos.

Agarró un polo manga larga de los únicos que tenía y conservaba durante tantos años, el pantalón más viejo y sus zapatillas de siempre porque no tenía otras. Salió con la intención de nunca llegar al lugar que les habían indicado, caminó despacio y con los pasos de plomo. En una media hora estaba aproximándose al lugar, se persignó sin mucha fe, solo por costumbre, aunque sentía que los nervios lo consumían vivo.

Odiaba la sangre, le repugnaban las escenas de muerte, heridos o pensar en el caos; ahora, ver a un cadáver estremecía hasta su respiración, las pesadillas que tendría después y el insomnio que le llevaría años superar.

En una esquina estaban reunidos un grupo de unos cuatro o cinco jóvenes con cara de necesidad, bordeaban las dos de la madrugada. Ese lado de la ciudad era desértico y delincuencial. A los alrededores del cementerio se arrastraban sombras humanas que habían perdido la dignidad hace mucho tiempo, entregados a los vicios, la muerte y la oscuridad. Rivas estaba esperándolos en la puerta del panteón, hablando con el guardia que no parecía nada extrañado de tal saqueo. Incluso les dio la recomendación de dejar todo en su sitio y volver a erigir la lápida para que nadie sospeche.

Rivas y dos muchachos que parecían los más seguros se adentraron en primera posición. En la penumbra de los caminos entre tumbas y nichos, entre pabellones, los rostros de los santos eran vilmente diabólicos, mortuorios, pareciendo asustarles y persuadirlos de la idea. Siguieron adelante con la determinación, aunque unos metros más allá, entre la arena y los huesos caídos de los pabellones olvidados, comenzaron a experimentar remordimiento y a saltárseles las lágrimas de cobardía.

El líder los cogió con fiereza. Con esos brazos entrenados por máquinas de gimnasio y el mero forcejeo los volvió en seco en segundos. Sabían lo que significaba, intuían la intención de la agresividad, la amenaza en los ojos y el riesgo de salir de ahí, sin ganar un solo sol, perdiendo los mediocres ciclos de la carrera, con las justas aprobados.

El armazón de fierro que conformaba el andamiaje no había sido retirado, se encontraba delante del pabellón y apuntaba a un nicho en específico, con cemento algo fresco, letras de iniciales del nombre que tuvo en vida. Rápidamente atinaron a mirar hacia esa dirección. El plan era subirse, retirar la gran tapa de cemento o los ladrillos recién colocados, tirar del madero, extraer el cuerpo y volver todo a su sitio.

Dos jóvenes del equipo, habilidosamente, treparon por la estructura metálica y tantearon el cemento. Se podía aún retirar el cemento fresco raspando un poco el tarrajeo improvisado. Con un par de combas y cinceles, rápidamente comenzaron a quitar los bloques sin destruirlos, haciendo ligeros movimientos con el fin de despegarlos.

Quitando la esquina y la parte superior, divisaron el féretro color caoba, un poco más oscuro quizás, por la falta de luz. Con más prisa, retiraron los ladrillos restantes y con los brazos estirados tocaron el ataúd sellado. Se dirigieron hacia sus compañeros para reforzar la extracción.

—Colora'o, sube, apura, ayuda a jalar.

El chico se subió torpemente, tembloroso, generando una carcajada abierta de Rivas y los demás que esperaban abajo, para hacer su parte.

Equilibrado sobre el andamio, entre los tres jalaron la pesada caja, deslizándola hasta los maderos sobre los que estaban acomodados.

De cuando en cuando, Rivas hacía comentarios sacados de lugar, como de la comida que les esperaba después, la muerte de su primera mascota, el hedor de los cuerpos o los huesos regados en la tierra. También estaba comiéndose las uñas aunque tratara de disimular. Hablando calmaba un poco los deseos de dejar todo y marcharse, aunque ya era la tercera o cuarta vez que lo hacía, seguía sintiendo las presencias fantasmagóricas correteando entre tumbas, como duendes malditos o murmullos del viento convirtiéndose en psicofonías.

Con el ataúd sobre el andamio titubearon en abrirlo. Dirigieron su preocupación al por mientras jefe. Rivas ordenó a los otros dos muchachos que aguardaban junto a él fuesen a ayudar. Bajaron los dos primeros quienes quitaron el cemento y los ladrillos, y subieron los que apenas habían sido designados.

El proveniente de la sierra norteña tragó saliva varias veces. A la cuenta de tres harían palanca con la herramienta y se abrirían las tapas.

—Tranquilos, muchachos. No pasa nada. Es un cuerpo nomás —animaban desde abajo.

Con algo de presión, removieron los clavos y consiguieron levantar las divisiones del ataúd. En menos de un minuto accedieron al cadáver bien conservado. Tenía el hábito del Señor de los Milagros, su rostro era joven, de apariencia limpia y humilde, con algunas costuras exhibiéndose al lado de la cabeza, parte del cuello y heridas menores en los labios y ceja derecha. Sus labios resecos y verdosos, la piel de pálida a amarilla, con los ojos cerrados en paz. En cualquier instante podría despertar y mover la boca, o eso es lo que esperaban. El aura de la noche y la tensión de los mismos intrusos le daban una sensación espeluznante a las sombras que se formaban bajo sus párpados.

Los ladronzuelos se quedaron pasmados, pero retomaron el ritmo.

Despojaron a la caja del cuerpo, con algo de brusquedad. El muerto no quería abandonar su último lecho, puso resistencia, que poco serviría. Al final, muerto estaba y removible era.

—Jalen, jalen que no nos va a ganar.

Echaban un poco de ironía y ánimos. Pudieron, sin duda, sacarlo. Solo triplicaron esfuerzos, sin considerar la postura que adoptaba conforme iba saliendo del recipiente.

El difunto cayó algo de bruces, con la ropa zafada y los algodones asomando por las fosas nasales. Le habían cosido la boca por dentro, algún maquillaje encima de la cara, como base y polvos insinuantes de color. Los muchachos se burlaron, juguetearon con los brazos sin vida, fruncieron la boca, toquetearon la nariz sin pudor, se olieron los dedos, pero no había podredumbre.

El gringo recordó que su tío, enterrador profesional, le había contado alguna vez que cuando metían los cadáveres a sus huecos, a los días, se sentía una explosión ensordecida por el cemento que rodeaba al muerto. Que, como esos perros desafortunados que morían atropellados y eran arrastrados al lado de la carretera, durando la semana entera con patas abiertas, barrigas infladas, los humanos también se hinchaban y se reventaban, y que, de estar expuesto, olía a maldición.

Agradeció para sus adentros que el cuerpo era reciente y había sido curado bien.

Entre todos se echaron al muertito, en paz no pueda descansar, de brazos y piernas. Lo bajaron del andamio a trancazos, recorrieron el mismo camino de reversa, dándose cuenta de que parecía que el muerto les sonreía.

Le cubrieron la cara, acomodaron el torso y alcanzaron la puerta.

Fuera les esperaba una camioneta con olla, de las Toyota modernas. Un tipo hizo negocios con Rivas. Le pasó varios sobrecitos antes de subir el paquete humano.

Victorioso, repartió los sobres a cada uno de sus muchachos.

Rivas estaba orgulloso. Vitoreaba a los novatos y los alentaba a volver a hacerlo, al fin y al cabo, la facultad necesitaba abrir cuerpos por el bien de la Medicina.

—No se pierdan, ya vieron que pagan bien. Vayan a sus casas, aquí no pasó nada.

Con el dinero quemando entre manos, contaron alrededor de cuatrocientos por persona. Increíble.

Cuatrocientos en un ratito, por robarse un cuerpo. Cada uno apartó diez soles para pagarle al portero, quien cerraría y pondría la lápida en su lugar.

De regreso en el cuartucho, se sintió en un féretro, ahogándose, apretujado. No pudo dormir, ni pudo dormir bien nunca más, sobre todo porque no fue la última vez. Ganarse la comida a costa de perturbar el descanso de un muerto no parecía tan aterrador, aunque los ojos de los cadáveres queriendo abrirse y no poder reclamar, le perseguían.

Se despidió de la carroña del cafetín por ser un exhumador, como solía llamarle al trabajo sin sonar despectivo o aterrador. Pero en sus adentros sabía perfectamente que, aunque no comiere de esas carnes semifrescas, seguía y al menos por un tiempo más, seguiría siendo un carroñero.

Colita

Siempre quise tener un perro, una mascota, un amigo peludo. Desde niña le insistía a mi papá una y otra vez que me comprase uno. Mi padre se negaba en todas las oportunidades, lo que era entendible, empezando por evaluar mi carente responsabilidad, seguida de mi euforia pasajera y completa inmadurez. Cuando una tiene poca edad, la confianza se desbarata en segundos.

Insistí, vehementemente, durante años, y, cuando pude ahorrar mi propio dinero, no me atreví a comprar nada en absoluto, por el temor de actuar sin precauciones. Pensé en que mantener la comida, el aseo, las caminatas, vacunas y demás cuidados sería imposible para un carácter tan vacilante como el mío. Así que decidí no impulsar más el tema y abocarme a mis estudios; con el tiempo la madurez me haría pensar que cuidar a un animalito, evidentemente, no era tarea para la que estuviese capacitada.

En plena temporada de lluvias del año 2017, la costa peruana padeció la invasión del Fenómeno del Niño, con inundaciones y dolorosas pérdidas materiales y humanas. Todas las noches las tormentas azotaban la ciudad, los techos de material metálico resonaban en pleno estruendo, quitando la noche a los pobladores. El miedo de que se cayeran los techos, se humedeciesen y dañaran las casas era propio hasta de los dueños de la vivienda mejor construida.

De esa manera, luego de llorar durante una semana completa, escuchamos el fortísimo maullido de un gato, proveniente de la casa contigua, en realidad, una cochera techada con varios ductos y aberturas causadas por la vejez del eternit. Con el paso de los días, el gato comenzaría a gritar con mayor fuerza. Atraídas por el sonido, junto a mi mamá, pedimos a la dueña del galpón nos permitiese buscar a quien hacía tal ruido. Miramos por la abertura dejada bajo el gran portón amarillo y unas garritas luchaban por tomar una pieza diminuta de pan que usamos de señuelo.

No pretendo alargar la historia, pero fue un tanto complicado lograr que el animalito tomara confianza y saliese. Al conseguirlo, la pusimos bajo nuestra protección. Era una linda minina de ojos amarillos —aunque con el tiempo se tornaron verdes— con una vistosa correa fucsia, mal cosida y una medallita sin referencia. Flaca, con el pelo tieso y las patas frías. La tomé entre mis brazos y a partir de ese momento, «Chicle» se quedaría a formar parte de la familia. Mi padre tardó en acostumbrarse a la idea, pero para mí era suficiente el soporte de mi madre. Nos encariñamos con ella y ella con nosotros. Supongo que se sentía como una «hija única», engreída y plenamente feliz.

Unos cuantos años luego, en 2020, aparecería de la nada un individuo simpático, con la cola llena de pelos y manchas negras alrededor de su cuerpecito. Todos los días llegaba a buscar comida, protección y encontraba, en parte, un hogar que podía ofrecerle mucho, pero no el quedarse. Chicle era al extremo celosa y posesiva. Territorial a más no poder. Cada que veía a otro ser fuera de la familia, tenía una rabieta, como si de una niña caprichosa se tratase.

Pero don manchas no se rindió. El gato era inteligente y supo esperar. Pasaron casi seis meses para que pudiera tener un lugarcito propio. A finales de la pandemia, cuando las vacunas estaban a la orden del día, fue ese el preciso instante en que lo hicimos nuestro y nos animamos a protegerlo de forma oficial. «Kiwi» fue el nombre que le di de inmediato.

Tampoco quiero dar más detalles al respecto; Kiwi se enfermaría al borde de la muerte por una sarna agresiva al poco tiempo, pero se salvaría. Ahora mismo anda caminando por los muebles de casa, mirándonos con sus ojitos almendrados, policromáticos. Eso sí, ellos dos nunca se han llevado bien.

Teniendo dos gatos hermosos en casa —reconozco que, a la orden y cuidado de mi madre, quien los adora como si fueran sus hijos— entendimos que no nos daban las fuerzas de tener a un inquilino más. Chicle sigue siendo una gatita adulta fuerte, radiante y pícara, aunque de mal carácter, con casi ocho años aproximadamente; y Kiwi, de casi ya cinco años, se mantiene travieso, incansable y de buen humor, que incluso parece ser consciente de querer molestar a su hermanita forzada.

La sensación de estar con ellos llena el hogar de un «no sé qué», completando las sensaciones y dotando el ambiente de calma y alegría.

Normalmente visitamos mucho a una prima cercana, a unas cuadras. Nos invitó a pasar y cada que hemos ido, muestra a sus mascotas, gatitos o perritos. En ese lugar, tenemos por entendido que los animales no sufren o son maltratados, pero los accidentes son continuos, ya sea por la maldad al darles comida envenenada o por morir atropellados. No me cabe duda de la suerte que corren las mascotas al llegar a las manos de mi familiar; tiene buenas intenciones, pero quizás no el preciso cuidado o contexto para prolongar la vida y salud de estos seres.

Con una mirada perruna, moviendo la cola y saliendo de debajo de la cama, nos atrapó de inmediato. Tenía un aspecto de suciedad, pelo con ondas y rizos rubios alocados y las almohadillas oscuras. Era pequeña, no pesaría más de tres kilos, estaba flaca, mal cuidada y con los ojos llenos de legañas. La prima refirió que había sido abandonada por otra persona, y que ella a su vez la rescató, pero imploraba por la perrita, pues no tenía dinero suficiente para criarla o mantenerla en casa.

La cachorrita tenía la costumbre de recoger huesos de pollo y comerlos. Era el proceder que adquirió durante los días de miseria.

Se nos creó la necesidad de reubicarla y crearle un nuevo ambiente. La levanté en brazos, se dejó y comenzó a lamer mis mejillas, caminamos hacia la puerta, se despidieron de ella y continuamos a casa. Iba tranquila por el trayecto, apuesto, como si supiera que su vida cambiaría.

Recordamos la fecha perfectamente. Era el cumpleaños de mi mamá, en abril. Debatimos y conseguimos cambiarle el nombre de «Princesa» a «Colita».

Algunas semanas nos bastaron para prodigarle los cuidados que necesitaba, mejorar su alimentación, actualizar sus vacunas, proceder a esterilizarla, desparasitar y mil aventuras.

Cada acción supuso un reto y una anécdota. Recorrimos gran parte de la ciudad buscando veterinarias y análisis sanguíneos para poder realizarle la cirugía. Estuvo a punto de dar mordidas a los enfermeros. ¿Cómo era posible que una perrita pequeña pudiera causar tal alboroto en la clínica y obligar a trabajar a la totalidad de empleados en ella solo para calmarla?

El espectáculo fue hilarante, al finalizar sacó carcajadas a los presentes. Tomé de regreso a mi perro, le retiré el bozal y me la llevé de nuevo.

Caminamos al retorno, le acondicioné una correa con arnés para facilitarle la dirección y no dejarla jugar en la pista vehicular, a paso lento por trechos y corriendo por otros, jadeando, ambas cansadas, gráficamente con la lengua fuera y brincoteando, mientras curioseaba o hacía un par de travesuras con las flores.

Luego de los análisis no faltaba mucho para operarla. Regulamos algunos déficits y estuvo apta.

La noche de su operación fue una noche difícil, preocupante, en la que pensábamos absolutamente en que estuviera bien. Cada que dejaba a una de mis mascotas en el veterinario sentíamos su ausencia y establecíamos una cuenta regresiva angustiosa. Estábamos nerviosas y rezábamos, tronándonos los dedos, casi sin poder dormir. La tarde siguiente podríamos recogerla si nada inesperado ocurría.

Y así fue. La trajimos envuelta en vendas que parecían pañales, con la actitud propia de la anestesia. Descansó, descansamos y dejamos pasar la segunda noche.

En cuestión de días estaba completamente recuperada y volvía a sus andanzas. Era hora de buscarle un nuevo hogar.

Nos dimos cuenta de que el hábito arraigado de salir sola a la calle y vagar un poco no se le quitaba. Tras muchos gritos y retos por si algo le ocurría, comprendimos que adoraba interactuar con otros perritos. La casa casi vecina tenía dos o tres perros, a Colita le encantaba entrar y salir de ahí, perseguirlos y saltar con los niños. Finalmente nos terminaron pidiendo a la cachorra y se la ofrecimos, con todas sus tonterías y objetos. Fue un regalo aceptado y reclamado. Aunque ellos la tuvieran, desde nuestra familia seguíamos cuidándola, dejando entrar a la perrita cuando quería descansar, comer o para seguir tomando antipulgas periódicos. Kiwi estaba encariñado y buscaba sobársele, pasaba la cola peluda por debajo de su hocico y la mordía con afecto. Se empujaban, mordisqueaban y terminaban abrazados. Chicle no la quería cerca, punto.

Nos acostumbramos al ritmo de vida de esperarla, darle de comer y regresaba a su casa. El barrio entero la conocía, los perros de todos lados la conocían y se portaban como grandes amigos. Sus ladridos eran aguditos y peculiares. Desde lejos sabíamos que quería entrar, si corría persiguiendo a algún gato distraído o si le emocionaba la llegada de alguno de nosotros.

Cuando venía de trabajar, me contemplaba desde la esquina y salía embalada, a tropiezos, enredada, se paraba en sus patas posteriores y entraba conmigo, aunque ya no viviera más aquí. Le abría la puerta y le daba un premio masticable, que comprábamos exclusivamente para ella en el supermercado, sin falta.

Se tragaba el disecado de cordero y tomaba abundante agua, con la barba humedecida se volvía a acercar y se tiraba al suelo, a dormir un rato más.

Nos dimos cuenta de que nos adoraba más que a los vecinos, quienes ya la habían descuidado. Dejaron de alimentarla, de bañarla y pasaba mucho tiempo en el frío. La recuperamos disimuladamente y comenzó a quedarse más tiempo en casa. Engordó y reposaba cómoda a los pies del sillón, moviendo el rabito cada que pasábamos. Me agachaba y le acariciaba la pancita negra, cubierta de escaso pelito rubio, levantaba la patita trasera y meneaba el traserito de felicidad.

Chicle se terminó acostumbrando a su presencia por casa, sin malos gestos o bufidos gatunos.

Darle de comer era otra osadía: su inapetencia era estresante, conseguir que comiera piernas de pollo llenas de pulpa o pechuga no era tan sencillo. Prefería la carne blanca del Jurel. A veces mi mamá, otras veces yo, probábamos suerte para que recibiera los bocados en el hocico, casi forzándola.

Pero los niños del vecino llegaron a reclamarla como su propiedad, y ante la negativa de entregarla, la endulzaron con juegos, cariño y la secuestraron. Evitaban que saliera, se quedara sola en la calle o que nos viera.

Con dolor y rabia, mientras ella se encontrase bien, nosotros también lo íbamos a estar. Seguiríamos aceptándola en sus visitas, sin problema alguno, aguardándole sus presas y partes favoritas.

Fue una tarde cualquiera en la que, antes de cruzar la avenida principal, sentí una mojada naricita rozarme la pierna derecha. Miré hacia esa dirección y me topé con su carita llena de euforia y picardía. Iba con mucha prisa, pero siempre tenía el tiempo para regresar a ponerla a salvo. Nunca permití que me siguiera y cruzara grandes carreteras, mucho menos sin arnés y cadena. Caminé de retorno a mi casa y llamé por teléfono a mi papá, conté de manera rápida que, como ya había ocurrido en innumerables ocasiones, pretendía seguirme y prefería guardarla. Mi padre salió acomodándose la camisa y arrastrando las sandalias, ubicó ágilmente dónde estaba y la llevó cargada adentro. Me volví a despedir de ellos y continué.

Mi papá la amaba, le parecía una criatura graciosa y contribuía a cuidarla. La quería más de lo que quería a los gatos. La miraba a lo lejos, corría y con el peso que le permitía la edad iba tras ella en más de las oportunidades.

Esa noche, regresé y escuché a lo lejos su ladrido. Sin importarme más, entré a mi cuarto, saludé a los mininos y a mi familia. Me recosté un rato, presa del cansancio y dormité.

Mi madre entra repentinamente a mi lugar y noto sus ojos inflamados, rojos, llorosos. Me levanté de porrazo, evaluando sus gestos y el trasfondo.

Sus frases gramaticalmente ordenadas se hicieron un enredo conforme trataba de comprender. «Colita», «camioneta del Serenazgo», «muerta»: siguen resonando en mi cabeza.

Se me hizo un nudo en la garganta y mi primera reacción fue hacerle espacio en la cama, abrazarla y consolarla. Me invadió la ira, ganas de reclamar, golpear al culpable y maldecir a quienes juraron protegerla. Me invadió, a la vez, la culpa y el remordimiento. Respiré y centré mis pensamientos. Volví a la realidad. Subí las escaleras a darle la noticia a mi papá; resonó un grito de profunda sorpresa y consternación tras su puerta.

Hoy retorné otra vez caminando por la misma ruta en que solía encontrarme y saludarme sobre sus patitas posteriores, irradiando ansia. Miré a los demás perros, con la impresión de que extrañaban sus piruetas; vi a los gatos de la cuadra en paz, a las palomas bajar y rebuscar en la ausencia de alguien, mientras me volví a la banca del boulevard donde nos sentábamos a descansar tras los paseos, encima del cemento, entrometiéndose en las conversaciones. Observé cada detalle, tratando de visualizar hasta lo más mínimo de mis recuerdos, siendo consciente de que no volvería a verla. Su pequeño cuerpecito, bajo tierra, no impide que su inocente fantasma siga brincoteando al compás del desconsuelo que dejó.

Aún tengo intacta la sensación fría de su nariz mojada y el recuerdo de una mata de pelo, alejándose, guareciéndose entre los brazos de mi padre, sin saber que sería lo que grabara en mi mente, por última y eterna vez.

El miserable

Cuando yo era niño, admiraba, con terror, a mi padre. Era la figura de respeto en casa, nada se hacía si es que él no lo ordenaba, y temíamos sus determinaciones violentas seguidas de humillantes y dolorosas mofas. A pesar de eso, quería tener aquella inteligencia, practicidad y desenvolvimiento social que le caracterizaban. Fuera de casa era querido, respetado y muy carismático, su facilidad de conservar amigos y labrarse camino eran sorprendentes. Cuando regresaba a casa era intimidante, hostil y amenazador.

No sabía qué tipo de sentimientos tener hacia él; por ratos quería su protección y llenarlo de besos, pero la mayor parte del tiempo trataba de esconderme y pasar desapercibido para no toparme con su llegada.

Su corpulencia también era elogiable, iba de la mano con su habilidad para resolver problemas que involucraban trajín. Sus golpes no perdonaban travesura.

A medida que pasaban los años, al fin surgió un contrincante, digno adversario de su poderío: en un soplo debilitó sus rodillas y las hizo tiritar antes de caer. Desprendió sus pieles y rezagó sus movimientos, como si de arrastrar pesos en plomo se tratara. Observé nostálgico la forma en que lo iba destronando, mediando entre el suelo, sus pasos y el dolor, emitiendo quejas incansables y notables pérdidas de la realidad. Porque en efecto, dicho contrincante no solo atacó a su esencia, sino a su alma, mente y equilibrio. Parecía burlarse de sus incoherencias y fallos cada vez más constantes. Sus palabras se volvieron cantos guturales tergiversados, sus gritos de rabia volcaron en quejidos infantiles y su puño indolente por primera vez se quebraba hasta suplicar piedad. Con transición constante e incómoda, lo vimos doblegarse, como si fuera de papel. Ni celebraba, ni aplaudía.

Un día, sin que nadie lo avisara, supe que ya había terminado de luchar. Fue trampa, un puñal por su tranquila y relajada espalda. Un puñal sin filo, con sabor a somnolencia y alta traición. Caía, el mentón por encima de su pecho, rodaron sus dedos desde sus muslos hacia el piso. Sus piernas apesadumbradas dejaban ver los frágiles dedos del pie, desnudos. Y su rostro, cual durmiente figura, esbozaba la sonrisa que poco a poco con la vejez había ganado.

Si era una victoria o una derrota, no tengo la menor idea. Me acerqué y avisé a mi familia. Lo abrigué, como nunca lo habría hecho conmigo, vestí sus manos, sus brazos, sus pies. Pasé la mano por sus finos y escasos cabellos, intentando colocarlos en su sitio, murmuré una oración sencilla y lo estreché contra mi pecho, prodigándole un beso en su frente helada. Le di un adiós sincero y capturé el momento para el resto de mi vida.

El resto de mi vida.

Ahora me hallo aquí, detenido ante mi propio reflejo, odiando cómo, no satisfecho con los estragos, el tiempo empieza a atenuar mi vida y a llevarme al mismo triste e inevitable destino que mi padre.

El pan

Cuando niña, muchas veces perdí tantas cosas. En el colegio, por la calle, dentro de casa. Podía perder cuadernos completos, hasta dinero mal guardado.

De forma anecdótica puedo traer a mi mente la vez en que, a la corta edad de cuatro o cinco años, durante el refrigerio del recreo, en la lonchera, habían destinado para mí un pan conocido, propio de la región, entero, que apenas había comenzado a morder. En mi inocencia, me paré cerca de la puerta del aula, tan distraída con las infantiles conversaciones que no puse la debida atención a lo que venía delante.

Un perro hambriento me arrebató el pan casi intacto y huyó del lugar a toda velocidad.

Quedé pasmada, con los ojos abiertos en forma de platos, escuchando las risas de mis compañeros y el sermón de mi profesora. Terminé lloriqueando un poco, resolví sacar otro pan y no tuve mayor problema.

Hay situaciones en que se nos quita mucho y nos duele o no, de manera proporcional.

En la universidad, en los días en que entraba tarde, caminaba para llegar a clase. Tenía entre quince años, a punto de cumplir los dieciséis. Durante el trayecto solía mirar las casas de la urbanización, formas interesantes, arquitectura antigua, pero con cierta elegancia y clase. Mi camino siempre era recto, por la avenida principal, sin detenerme salvo para cruzar a las calzadas.

Antes, a unas cuadras de la avenida principal, se ubicaba una especie de centro asistencial de emergencia, dirigido a las mujeres víctimas de violencia intrafamiliar, prioritariamente. La esquina contigua era un punto clave en el tránsito vehicular; los automóviles se apresuraban por ganar a la luz roja, convergían las otras calles y, en Perú, no había manera de cruzar para un peatón, menos en las famosas «hora pico». Siempre esperaba el atropelladero con paciencia; lo prefería en lugar de arriesgarme y tentar el juicio de un conductor con prisas. Podían ser segundos, hasta cuantiosos minutos, estaba dispuesta a quedarme de pie.

A lo lejos, saliendo con apuro del centro asistencial, una mujer llevaba a rastras a un niño de unos cuatro o cinco años. El niño tenía algo en la mano; a medida que se acercaban iba asociando la forma: un sándwich con lechuga expuesta, a medio comer. Él intentaba morderlo otra vez, y la madre no le dejaba que se detuviera. La señora usaba una venda amarillenta en un brazo y en la cara esparadrapos sosteniendo la gasa sanguinolenta. La expresión de la escena era de ruina y abandono, era evidente que, por la hinchazón del rostro y moratones, podía suponerse un caso de maltrato. El pequeño no estaba libre del daño; hilos colgaban de una zona del cuello, suturas, toques de violeta y yodo. Aunque parecía estar más interesado en lograr comer el único alimento que, quizás, habría probado en horas.

No quise ser descortés. Desde niña aprendí a no mirar descaradamente las peculiaridades de la gente. Muchas veces pasaban por mi lado pequeños hombrecillos con defectos cromosómicos y luchaba contra mi curiosidad, sin regresar la cabeza. Solo atisbaba ligeramente con el rabillo del ojo, y era suficiente para tener en cuenta que no debía molestar ni ser intrusiva. Cuando la mujer y su hijo se situaron a mi lado para intentar pasar la pista, volví la cabeza hacia otra dirección, avergonzada por haber faltado a mi principio.

Un grito con voz muy aguda rompió cualquier estándar autoimpuesto. «Diablos», pensé, «¿qué pasó?».

Tras un mal tirón del brazo, lo desequilibró y le hizo soltar el pan. En el suelo quedó un reguero de lechuga e hilachas de pollo que nadie notó. A nadie le importó el llanto o la razón del encaprichamiento.

—Mamiii, mamiii, maaa —entrecortado de flemas y tos—. ¡Mi paan, mi paaan, mi paaan!

La señora lo sintió por su hijo, me di cuenta de su reacción. Le dolió en el alma haberle quitado un consuelo significativo en un ademán burdo y torpe. Dirigió la vista hacia el suelo y lo trató de calmar.

—Luego te comes otro, camina, rápido.

Pero en su voz no había convencimiento; sabían ambos que su pobreza no les permitiría comprar otro sándwich. Lo siguió arrastrando, mientras dejaban atrás el pan revolcado. Las personas alrededor lanzaron expresiones de fastidio al infante, prejuzgaron y descontextualizaron, etiquetando solo a un niño malcriado.

Finalmente lograron cruzar los carriles. No me moví. Perpleja, desde mi sitio, sentí la impotencia de los brazos cruzados y los vi alejarse.

Años después abandoné la universidad para seguir mi vocación, no tan segura, en realidad, sino fuese por la presión firme de mi papá y el ruego incesante de mi mamá, aunque descubriría que sí era lo que me apasionaba mucho tiempo luego.

En una época en que tenía algo de tiempo libre, a mis veintiún años, mi pasatiempo era deambular por la ciudad, con la excusa de comprar pequeñeces; la intención era salir de casa para no aburrirme. Frecuentaba las modernas plazas llenas de tiendas y comercios de todo tipo, solo porque me gustaba disfrutar del aire acondicionado y conocer una que otra novedad, siendo consciente de no portar blanca. Qué más daba, me contentaba con el entretenimiento visual, tomar algo frío al regreso y estirar un poco las piernas.

Salí con calma, con la vida resuelta a medias y una pequeña libreta colorida en la que decidí perder mi dinero, en una tienda de chucherías juveniles. Era temprano aún, apenas estaba atardeciendo, pero no iba a tardar en llegar la oscuridad. Tomé el camino largo, calculando el tiempo para llegar a casa. Estaba medido.

La calle universitaria, cuyo nombre no era ese, no era más que una pista estrecha, embloquetada y adornada con sardineles que demarcaban el límite entre la vía y las plantas. La arboleda volvía lúgubre el panorama, depresivo, y algunas parejas de enamorados aprovechaban la soledad a sus antojos. La noche había caído sin aguardar que llegase a salvo.

Más adelante, el hospital dotaba de movilidad al sitio que metros atrás lucía muerto. Paraderos, estacionamiento, idas y vueltas. Los autos estacionados en los cruces, otros vehículos menores compitiendo por pasajeros, taxistas entregados al bochinche de sus patanadas en complicidad con sus colegas, rompiendo la integridad de la ruta.

Fuera de la zona de emergencia hospitalaria, varios kioscos se erigían para promocionar comida rápida. Era una situación ideal y obvia: familiares a cargo del cuidado de pacientes salían a picar tentempiés y engañar al hambre. Rostros desencajados por el cansancio y desesperación, miradas entrecerradas, farfullando oraciones en susurro, acabando en pocos bocados y voracidad el contenido de los depósitos descartables.

De todos los presentes, una joven, de aproximadamente mi edad, sentada en el borde de la reja, era animada por un hombre mayor. La muchacha, con los ojos a punto de desaparecer entre la hinchazón y el dolor de sus preocupaciones, aún podía seguir llorando. Ella era a quien el pesar le maniataba, los espasmos se resistían a irse y las lágrimas abofeteaban sus mejillas, ya enrojecidas por la presión. El tipo le acariciaba la espalda y brindaba palabras de consuelo, depositando un pan entre sus dedos para lograr que, al menos, lo probara. Con dificultad lo toma, mordisquea sin ganas y es atacada por los estertores de sus lamentaciones.

Una señora de mediana edad proveniente del interior comienza a buscarlos. Se acerca a la chica y la abraza antes de decir cualquier noticia. El señor a su lado le ofrece corporalmente algo de calor. Ella lo rechaza, se levanta torpemente y larga la intención de correr hacia adentro. La sujetan, acarician su cabello, limpian y acomodan sus ojos para que pronto vaya recuperando compostura.

Ignorando lo que tenía entre las manos, dejó caer el pan, miró hacia el piso de cemento y se abandonó. Murmullos, resoplidos y ahogos se convirtieron en gritos y gimoteos, que invadieron el ambiente tranquilo.

—Mamá, ¡mi mamá! ¡Mi mamá! —se entrecortó por las emociones—. ¡Devuélvanmela!

Me contuve unos instantes de caminar ante mi propia conmoción. Sin embargo, los demás continuaban con sus actividades rutinarias; claro, debía suceder algo similar al menos una vez por día.

Hui del lugar lo más rápido que pude, volteando en el último segundo a observar el pan sucio, pisoteado, acechado por perros flacos tetilludos que darían la vida por tener algo en el estómago; proseguí alejándome de los gritos, apretando los dientes, queriendo llegar a casa a buscar la comodidad incomparable de los abrazos y caricias de mi madre.

La biblia

Desde que era niño, Anthony Huamán soñaba con recibir la primera comunión. El momento había llegado y se encontraba de pie, esperando nervioso para responder y aceptar. Su turno llegó, la voz gruesa del cura resonó en el pecho.

—El cuerpo de Cristo.

De sus labios solo logró salir un tembloroso «Amén», abrió la boca y tragó el trozo acartonado remojado en vino.

Su madre estaba orgullosa, depositando entre sus manos una copia del Libro Sagrado, pasta dura, edición modernizada, con las hojas planchadas, brillantes. Una de sus tías le acomodó el cuello de la camisa blanca e insertó un rosario, contándole una absurda historia de herencias, generación y significado. Feliz, emocionado, lo tomó entre sus manos y lo apretujó como signo de devoción.

Entusiasmado decidió entrar a diversas ferias vocacionales, completamente seguro de que era su destino servir al prójimo y volverse sacerdote. Comenzó a asistir a las misas y celebraciones eclesiásticas con vistosas investiduras litúrgicas.

—Te queda linda la capita con mangas.

—Sobrepelliz, mamá —replicaba tratando de mantener la compostura. Su madre nunca recordaba los nombres de la ropa.

—La ropa de monaguillo te queda bien.

—¡Acólito!

La señora sonreía y acomodaba disimuladamente el roquete, sin que los curas la vieran.

Henchido de vanidad, tomaba asiento con una postura recta y la nariz levantada.

En el colegio rendía bastante bien, aunque sus compañeros le buscaban broncas por mojigato. Entre dientes mascullaba maldiciones e insultos, lanzando una mirada llena de ira. Siempre alegaba que su Padre Celestial lo iba a defender, castigaría a los pecadores y a los justos los pondría a su derecha, en la Vida Eterna. El aula explotaba en risa, los muchachos lo torturaban sin piedad, considerándolo desquiciado.

—¡Hua, Hua! ¡Huamán huevón!

Las mañanas eran un ciclo de abuso. Aparecía puntual en la entrada, persignaba a su mamá, esta le daba un besito en la cara y se retiraba arrastrando los pies, sujetándose la chompa y sobándose el cuello. No tenía otros hijos. Había dejado de creer en los hombres, pero le gustaba salir con algunos a menudo, aunque al padre del chico prefería no verlo por asomo ni casualidad.

La figura masculina en casa la ostentaba un tío promiscuo que adentraba jovencitas de edades cuestionables, usando escotes pronunciados y pantaloncitos que dejaban muy poco a la imaginación, con ombligos expuestos y coquetería de prostituta.

Toñito, como «cariñosamente» le decía el tío, contemplaba en silencio, sentado desde la mesa del rincón, el cruce de las mujeres con toda esa parafernalia, entre uno que otro hombre andrógino.

—Toño, métele'ueón, ¿o gusta tu marido el cura?

El tío lanzaba comentarios bruscos y lenguaje mal sonante con tal de convencer al Toño de perder la virginidad. No hacía caso. Bajaba la mirada y continuaba concentrado en sus Biblias y cuadernos de la catequesis.

Había caído una noche cualquiera, el hombre, como de costumbre, llevó a un tipo disfrazado y lo introdujo al cuarto del fondo, detrás de los corredores, en las postrimerías de la vivienda, donde apenas unos trapos cubrían las vergüenzas del acto. Comenzaron a escucharse gemidos en todo el barrio, palmadas, manotazos, ruidos de plena excitación y propios del encuentro íntimo. Los quejidos dejaron de ser de placer y repentinamente se transformaron en dolorosos gritos salvajes.

Perturbado, Anthony se levanta a buscar a su madre buscando, quizás, un poco de consuelo, protección y alguien a quien llevarle la acusación. No la halló. Rebuscó en la cocina, en el cuarto, la sala, nada. Sus ojitos lagrimearon, aunque él tratase de contenerlo, perdido, solo, entre un espectáculo auditivo de terror.

Con suavidad y miedo se animó a echar un vistazo. De todas formas, los ruidos iban cesando y el valor dentro de él iba creciendo. Armado de coraje y agazapado fue acercándose. Paso, tras paso, tras paso. Un olor a fierro mojado le tumbó hasta retroceder. De entre las sombras surgió su infame tío, como una figura inmensa y malévola, con las manos sucias, ensangrentadas y los ojos enrojecidos. Se acariciaba el miembro erecto y daba bocanadas de aire. Toño no se pudo mover, observó fijamente al tipo extasiado de placer, sobándose, acariciándose. Aun así, pudo darse cuenta de la presencia delatora del sobrino. Empuñó una tabla y se la tiró. Afortunada o lastimosamente no acertó a darle.

Caminó hacia la sala sin insistir más en golpearle o silenciarlo. Estaba muy cansado, se recostó en uno de los sillones anticuados y rotos, grisáceos de suciedad, en tanto el sobrino no daba crédito a lo que transcurría.

Era mejor dejar que amaneciera y esperar. Solo esperar, porque no había de otra. Toño se metió a su cuarto, con el miedo latente de que su tío usurpara la privacidad y lo asesinara sin contemplaciones.

Sin cerrar los ojos durante toda la noche, aguardó bajo las cobijas, sudando, cualquier tipo de posibilidad, escuchando si su madre se acercaba o sopesando la probabilidad de que ya haya sido embestida. Soportó la espera con valentía, alerta, planificando mentalmente algún tipo de ataque o defensa, o si prefería morir como mártir.

A las dos y media de la mañana, los pasos rudos del hermano de su madre se posaron al otro lado de la puerta. Apretó los dientes, tomó con fuerza la cobija y se arropó.

—Toño… Toñito… ven, ayúdame, m'ijo. Ven, papito, ayúdame.

Dejándose llevar por la voz sincera, se desarropó, queriendo investigar, rogando que no fuera un atentado en su contra. Se puso de pie y, tembloroso, le abrió.

El tío, que estaba arrecostado en la pared, volvió a encontrarse con su sobrino.

—Toño, toma, coge la lampa, agarra trapos, todos los trapos que puedas, pero que sean negros, no te mariconees. Agarra, apura. Agarra, agarra.

Se apropió de todos los trozos de tela oscura. Sacó blusas de los cajones de su mamá, de su propia ropa e hizo un atadito cuantioso, siguiendo las instrucciones. El tío salía del cuartito del fondo arrastrando al hombre disfrazado que antes había visto entrar, incontables cortes, reguero sanguinolento, olor a hierro. El hombre estaba boca abajo, desnudo, con una pierna arqueada, con los testículos expuestos.

—Lo maté por maricón a ese c'unchesuma're. Así, güevón, te vo'a'matar si vas de sapo.

Cubrieron el torso con la trapería y ataron lo mejor que pudieron las extremidades, que ya comenzaban a endurecerse.

Se lo echó al hombro con dificultad mientras Anthony acomodaba el resto de las prendas y paja seca.

Las arcadas y las náuseas cedían mientras ayudaba a transportar el cuerpo. En plena tranquilidad de la noche, enrumbaron al cementerio que yacía casi al costado de su casa. Sobornaron al vigilante con el billete de mayor denominación y unas cuantas monedas adicionales, no sin antes conversar un poco.

—Lo maté, 'ón. Se me pasó la mano.

—Chunda, ya, déjate algo pues, pa'l silencio y pa'ir a ver las llaves.

—Te adelanto un Santa Rosita. Lo único que tengo, 'mano.

—Ya, maestrito, voy a ver para abrirle.

El vigilante no se sorprendió. Parecía que el caso pasaba más frecuente de lo normal. Toño y su tío ingresaron llevando a pujos el cadáver hasta el fondo de los pabellones, entre la tierra y los árboles que conformaban un bosque tétrico. El muchacho atisbó con el rabillo del ojo una serie de drogadictos agachados, encendiendo cigarrillos y quemando papeles enrollados.

El degenerado sudaba a chorros, con la culpa a cuestas y las manos tratando de no temblar.

—Toño, cava, cava. Ahí, que la tierra está fofa.

El chico, tembloroso, se apresuró a tantear sobre el lugar indicado. Por debajo asomaron huesos polvorientos y pelo lleno de arenisca. Aguantando la náusea y tragándose los miles de comentarios, removió a un lado los restos y ahondó con las fuerzas que le permitió su juventud, con ayuda de su tío, que habría depositado el cuerpo fresco a un lado del terreno, dejándolo caer como costal; Anthony no terminaba de horrorizarse, entre drogadictos, asesinos y cadáveres, la noche parecía detenida.

Cuando estuvo lo suficientemente profundo, vieron acercarse al vigilante, quien los llamaba con cierta complicidad, señalando una caja vieja, de madera algo carcomida, con forros rasgados y recubrimientos despintados.

—Métalo aquí, jefe, porque si lo mete de frente, al toque se van a dar cuenta que hay algo raro en la tierra ¡Y pa'pestar los muertos! Aparte que no han cavado profundo, maestro. O si no, venga, jef'ito, que lo pone ahí y lo subimos pa'rriba.

—Bacán.

Colocaron el cuerpo dentro del ataúd antiguo, pero aún resistente, cerraron, clavetearon un poco y entre los tres lo llevaron casi a rastras a donde el cuidador les había indicado. Con un montón de artimañas lograron subir la caja a la cuarta fila del pabellón olvidado, que nadie visitaba, con cadáveres regados por los suelos, matas y mechones de pelo por todo el sitio, fémures y helechos de ropa.

El guardia extrajo de su bolsillo una botella personal de cañazo, tomó unos cuantos tragos y se la ofreció a los otros dos. El hombre mayor bebió, jugueteó con el alcohol en la boca y tragó. Miró hacia su sobrino y le tocó afectuosamente la cabeza, en un gesto algo brusco, de confianza.

—Toma, para que recuperes fuerzas, Toñito. Pensaba que no eras hombre.

Obedeció al tío y dio un pequeño sorbo. Sintió cómo la garganta se retorcía de ardor. Llevó sus manos hacia su cuello para tratar de consolarse, intentando calmar la situación. Los hombres se rieron del muchacho, pero siguieron conversando de otros temas, sin importar más asunto que el olvidar y emborracharse un poco, al menos, hasta donde alcanzara la botella, compartiendo las babas y los desperdicios de las manos ennegrecidas de mugre.

Se pusieron de pie cuando el día amenazaba con llegar, sacudieron sus ropas, estrecharon las manos, sellaron la integridad y el secreto de sus aberraciones y se despidieron. Toño estaba enmudecido, caminaba como un cuerpo sin alma, pasando saliva, con los ojos enrojecidos y sintiendo que la espalda le quemaba.

Entraron sigilosos a la casa; una mujer estaba tirada en el sillón principal. Al oírlos, corre y deja el sueño a un lado, abrazando al niño.

—¿Dónde han estado? Huelen a borracho.

—Calla, mujer. Mi sobrino se hizo hombre.

Anthony nunca volvió a dirigirle una mirada a su madre. La culpa, la sangre, todo gritaba dentro de él, pero sentía que era mejor permanecer en la mudez absoluta. En su habitación miró la Biblia y el Rosario, antes de volverse loco. El olor a hierro no lo abandonaba, las manos entumecidas eran suficiente prueba de que no había sido una pesadilla. Transcurrió el resto de la madrugada pensando, sin pegar un ojo, sin descansar, escuchando cómo su tío roncaba como un cerdo. Se asqueó. No quiso ir al colegio, ni ese día, ni al siguiente, ni el que le sigue, ni nunca.

Se convirtió en un fantasma de los rincones y las oscuridades de su casa, creyendo que un espíritu de ultratumba lo acechaba, soñando con calaveras, carne podrida y el infierno. Rezaba y las oraciones no le salían. Respiraba y le volvían las arcadas. La culpa lo regresó al cementerio, al lugar donde metieron a la fuerza al desgraciado, desafortunado desde que se cruzó en la vida de su tío psicópata. Se quedó contemplando el hueco ya sellado, tratando de percibir algún aroma, señal, voz, quizás.

El vigilante ya lo conocía. Se acercó y lo tomó de un hombro. Trató de limpiar su consciencia y dijo varias cosas en contra de los homosexuales, de cómo merecían morir y la pena eterna en el averno. Le dijo que a ese tipo de gente nadie los busca, son peores que las prostitutas. Le dio unas palmaditas en el trasero y lo dejó parado, un poco más convencido, sin la misma inquietud inicial. Toñito siguió al humilde hombre y se sintió acogido, con un calor y esencia paternales. Le volvió a ofrecer un trago de cañazo y conversaron el resto de la tarde.

Se volvió costumbre que ambos estrecharan vínculos amicales. A veces por la tarde, a veces por la noche hasta la madrugada.

El chiquillo se convirtió en una sombra más del panteón, en una imagen de ángel caído que pernoctaba, disfrutaba de la oscuridad y sus habitantes.

Por el día mendigaba unas míseras monedas por poner flores y trepar nichos; por las noches se acurrucaba en la capilla y fumaba en un rinconcito, para darse ánimos. Muchas veces gritaba y bailaba a altas horas, llamando a los espíritus y rogando el perdón de su casi asesinato. Su locura se disparó y dejó de ser bienvenido en casa, pero a él no le importaba que le hayan dado la espalda, ni que le negaran el acceso a su hogar, era un hogar que hace mucho no consideraba suyo.

Recogió algunas de sus cosas y ropa. Tomó la Biblia, siempre aguardante y se puso el Rosario al cuello. Salió sin retorno, para irse a juguetear entre las tumbas y árboles de algarrobo, siendo perseguido por los seres paranormales y declamando oraciones a viva voz.

Hoja tras hoja comenzó a despedazar el Sacro Santo Libro, las arrugaba y encendía fogatitas, alimentadas por los restos de las flores y pajas secas. Con más hojas hacía rollitos para poder fumar cómodamente. Arrancaba una página, se echaba la bendición irónicamente y lleno de burlas antes de meterse el cigarro improvisado a la boca. Andaba sin zapatos, con la ropa en jirones, desdentado, mugroso. Con una tenue barba y los ojos perdidos.

Desde donde se ocultaba, vio, en más de una ocasión, a su tío rondar a los muertos y llevar a algún otro tipejo sin suerte, quemar sus restos o cavar sin descanso para enterrar sus fechorías.

La loca de la avenida

Caminando por una de las avenidas principales volvimos a toparnos con ella. Deambula regularmente por la ciudad entera, arrimada más de una vez al día por las paredes del mercadillo municipal, sin excepciones. Cada que han transcurrido días varios, aparece en una calle o vereda, sentadita, acostada o arrastrando telerías viejas, cartones, bolsas, cuanto desperdicio se le cruce por el interés.

Evitamos siempre pasar delante de, o por asomo, a su costado. Masculla frases en silencio y muerde un trozo de su putrefacto cabello lleno de rastas propias de la suciedad. De su corporalidad regordeta se desprende un olor hediondo e irrespirable, obligando a esbozar un gesto de pleno desagrado que tampoco toma en cuenta. Le cuelgan trozos de ropa en forma de tiras desordenadas e irregulares, embarradas y meadas, con el trasero lleno de excremento y la delantera llena de pis maloliente. Los harapos son tantos que deja al descubierto sus partes nobles. Los pezones, ennegrecidos con tierra, y la vagina expuesta.

Nunca tiene reparo en dirigir las manos y travesearse los adentros. Pasa los dedos y pela las uñas para rascarse a comodidad delante de los transeúntes; los lleva a la cara, lo huele, y un par de veces los saborea, deslizando la lengua, dejando sus babas y volviendo a deslizar la mano entre los huecos de su casi ropa.

Otras veces abre las piernas mientras se tira vientre arriba en plena vereda, se soba y se retuerce para estirarse. Se voltea y hace lo mismo en el interglúteo, prepara las uñas nuevamente y termina el acto deleitándose con sus hedores.

Al caminar se bambolea, de uno a otro lado, con una cojera constante y haciendo sonar los pies descalzos sobre el pavimento caliente. De ese letargo interminable puede salir intempestivamente con la agresividad propia de su condición: prende la mirada en un objetivo y ataca. Su acción típica es agarrar del pelo a un incauto. Cuando eso sucede, se sostiene de ambas manos y deja caer saliva espumosa; unas tantas veces recibidas en el rostro de la víctima, otras que se dirigen al suelo. Relame la victoria al quedarse con las matas de pelo entre sus manos. En ocasiones distintas, termina siendo abofeteada y maltratada por algún vagabundo amenazante.

Pero ella sigue y seguirá deambulando, con comida podrida pegada en las nalgas, restos de almuerzos o cenas de pollo que le regalan por pena. Al beber los conchos de las botellas familiares de gaseosa, deja caer un hilo por la comisura de sus labios. No lo limpia, sigue tomando sin tino ni equilibrio, derramando cantidades importantes de refresco.

Todo el mundo que es conocedor a medias de la ciudad norteña ha de aproximar la idea de su existencia y aparición.

Algunos dicen que llegó de la nada, siendo excluida de su familia, dejándola abandonada a la suerte. Otros dicen que no tiene familiares vivos o que es un pecado andante.

Sin embargo, hay un comentario pululante que llama fuertemente la atención de cualquier escritor en escasez de ideas, desvía cualquier hipótesis y le da un arranque estructurado a su historia. La certeza es casi nula, eso sí.

Cuentan que una niña de algunos quince o dieciséis años, atada al amor enceguecido por las promesas de un joven y vulgar Romeo, habría sucumbido ante los placeres y experiencias sensuales, entregándose a la ilegalidad y el deseo exagerado, montados en una carrocería oxidada, a las prisas.

Con el paso de los días, la desgracia se hizo esperable. Decirle adiós al estudio, que de todos modos no iba para nada bien; abandonar la infancia propia para cuidar de otra. Era como un destino que se podía tantear a lo lejos, se recibió con falta de sorpresa y la mayor naturalidad.

El muchacho prefirió dar un largo paso al costado y negarse. Viviendo la irreparable pena de amor, con un hijo en cola y una rabia desmedida, la jovencita tomó medidas homicidas. No resultó, así que aceptó someterse a la realidad distorsionada del alcohol.

Con el tiempo, ya nacida su primera hija, comenzó a perder la cabeza, las horas, y finalmente nunca regresó por la pequeña, formando una alianza de amor con otro príncipe para nada encantador, que terminaría con la vida de ambos a punta de balazos. La bebé daba señales de extrañeza desde que nació, sin balbucear, llantos y lloros inesperados, indicios de irreversible daño mental, imposibilidad de siquiera comunicarse en el lenguaje más sencillo, sin gestos, emociones, solo gritos y chillidos de animal salvaje.

Al crecer un poco más fue más evidente el mal. Sin padre ni madre, los abuelos trataron de preocuparse y encargarse de los alaridos, con la misma ignorancia en la que habían sido criados. Pero era imposible, la niña no callaba, no encontraba paz, parecía divergir y el ensimismamiento se tornó en ataques violentos sin control.

Surgió la idea de llevarla al loquero, curandero o algún especialista para calmar los demonios desconocidos de tal posesión. Decían que el Rey del Infierno la tomó como heredera de sus poderíos o que era la encarnación de un malévolo ser porque la privaron del bautizo. La acusaron de brujería, hechicería, de convertirse en animales por la noche. Los vecinos aseguraban que le salían alas y volaba a las tres de la madrugada, ante el ladrido incontrolable de los perros flacos del barrio; contaban esto y se persignaban. Los hijos de los pobladores cercanos lloraban cuando veían al pequeño esperpento salir de entre los basurales con ratones muertos entre los dientes. En esos casos, su abuelo se apresuraba a cogerla de la oreja, azotarla y tirarla contra la pared, esperando que reaccionara.

La abuela tenía métodos más eclesiásticos: llamaba al cura para que le echara agua bendita, al brujo de la cuadra para que le rezara la panza con un huevo y le hiciera una limpia, o al dizque exorcista que en vano proclamaba oraciones en latín para lograr sacarle el diablo. Escuchaba voces y no sabía cómo explicarlo. Se tapaba los oídos y se rasguñaba la cara, corría a dar cabezazos a la pared y se revolcaba.

Pero los viejos morirían en poco tiempo. Las malas lenguas apostaban que vendieron su alma al maligno para dejar salva la de su nieta. El rumor se disipó, porque la casi adolescente huérfana no mostró mejoría.

Sin la vigilancia de los patriarcas, tomó la costumbre de salir a deambular sin rumbo, recogiendo basura y metiéndose a las montañas de porquería. Alguien piadoso que conocía a los primos hacia el favor de regresarla o enviarla con las autoridades a la puerta de su casa. Al inicio salían a buscarla para guardarla, como una mascota descarriada; la embutían de comida que deglutía haciendo un reguero de babas y se volvía a ir.

Un día ya no salieron a buscarla y, contra todo pronóstico, huyeron para esconderse, dicen que a otro país. Derrumbaron la casa de los abuelos y se largaron sin más. En ese terreno vendría a establecerse, irónicamente, un sanatorio particular y una pequeña farmacia lateral.

En la misma cuadra vivía uno que otro allegado a la familia que dejó de reconocerla a propósito; la ignoraba y la dejaron involucionar en sus rondas psicóticas. Varios programas sociales se dieron a la tarea de capturarla y hacerle tragar pastillas psiquiátricas, aunque más temprano que tarde terminarían por rendirse ante los escupitajos y forcejeos innecesarios.

He ahí lo de ahora. Regresamos a la línea de tiempo actual, en la que más de uno ha rezado de buena voluntad por su muerte o desaparición. Tiempo en que nos aterroriza en lugar de compadecerla o pensar detenidamente en algo más que su apariencia.

Como ella, hay muchos «locos» cargando frazadas y trapos mientras vagan por la calle, predicando verdades sin sentido o delirando sobre sus mejores tiempos, cuando los querían y los hacían partícipes de la sociedad. Hoy andan circulando desobligados, sin fingir, viviendo en sus mundos inalcanzables de las voces aterradoras que solo escuchan ellos mismos.

Los mellizos

La realidad es frágil, pero nuestra percepción lo es más.

El abuelo observaba cómo jugaban a diario los niños del patio en medio del jardín. Eran dos adorables mellizos que vestían con overol de mezclilla y sandalias aireadas. Corrían de aquí para allá, gritando, saltando y adornando de vida el jardín, que adquiría un aspecto un tanto espectral tras la desaparición de su bienhechora.

Ver a dos casi infantes brincoteando y secuestrando mariposas para descuartizarlas premeditadamente le quitaba la depresión al abuelo. Al llegar visitas, el tema era único: siempre elogiaba y sonreía con las proezas de los pequeños. No podía ni solía levantarse de la mecedora, así que se satisfacía contemplándolos desde el pórtico y levantándoles la mano de rato en rato.

Muy de vez en vez comía y pedía una ración adicional para ellos, pero los chicuelos parecían no aceptar alimento alguno. El hombre pensaba que era por la estricta dieta que seguía, sin contenido elevado de sales, bajo en grasas y comida a punto de ser hecha papillas. Supuso que era necesario portar una dote cuantiosa de paletas y caramelos, que acostumbró a guardar en el bolsillo de sus pantalones, a escondidas de la vigilancia. Con un ademán, uno de los hermanitos se acercaba, le sonreía y tomaba los dulces. Desenvolvía habilidosamente uno de ellos y alcanzaba el otro a su par; masticaba la cubierta azucarada y seguían jugando, incansablemente.

El señor ya no tenía dientes; la mandíbula se le había soltado con los años y la piel de las mejillas formaba dos orificios cadavéricos, como una premonición fisiológica al final. Una de sus hijas mayores se habría autoimpuesto el título de cuidadora permanente hace algún tiempo, encargándose con suma precaución de mantenerlo impecable y atendido. Aseaba meticulosamente los resquicios de la piel de su padre sin queja alguna. Aunque él solía ceder a las alucinaciones e invocar nombres que pasaron a otros planos de la existencia, o inexistencia.

—Mi Rosita, mi Rosita amorosita —susurraba el viejo, lleno de emoción.

—Yo no soy Rosita, papá; mi mamá murió en el 2014.

El anciano se quedaba pasmado, perdido en la vacía realidad propia de su mente.

Lo que quedaba de quien fuese su amor primaveral era una fotografía juntos, colgada en la pared del comedor, conservando una inclinación hacia el suelo. Su hija era la encargada de cambiar y poner flores frescas en el altar improvisado, a los pies del retrato del matrimonio. Rostros de gente que huyó de la intimidad mental del patriarca hace mucho tiempo, difuntos que aguardaban pacientemente en el muro, dando paso a fotografías próximas de destinos sellados.

Tras la pérdida de lucidez también quedaron atrás lazos afectivos.

Sin embargo, reconocía a los niños, aunque no recordaba el nombre de los mellizos; juraba que vestían elegante y que el lazo mariposa les quedaba bien con el atuendo, así llevaran sandalias. Le recordaban sus tiempos mozos, en el campo, cuando se casaba algún primo y no podían permitirse ropita de más clase. El ardor juvenil de los pequeños era ensordecedor, pero relajante ante oídos consumidos por la longevidad. La esencia y esperanza de los que quedan cuando otros se van reconfortaba el corazón más senil que pudo dejar la tierra.

Los mellizos pateaban un balón viejo, lleno de barro y roto, tanto que los pedazos caían tras cada impulso. Misteriosamente, los trozos de caucho ¿desaparecían?

De cuando en cuando mascullaba frases de advertencia; tampoco quería daños en su vieja casita. Pero la salud del anciano se iba deteriorando conforme transcurrían semanas.

Las historias repetidas que narraba a viva voz sobre proezas militares, atentados y tantas añoranzas que formaron parte del patrimonio del país fueron cesando. Los mellizos dejaron de correr en el patio para permanecer constantemente a su lado, tomando una mano llena de huesos cada uno. Se conformaba con ver sus caritas rosadas y sonrientes, como un acto de piedad.

En su lecho de muerte esperada, en un momento de claridad, decidió despertarse y buscar con la mirada a los jovencitos. Sólo encontró caras familiares; tomó la mano de uno de sus nietos, que aguardaba el turno, y le suplicó que abriera siempre las ventanas para que los tiernos niños mellizos se pudieran trepar a regar las macetas cuando él ya no esté.

El nieto giró la cabeza hacia el patio interior; habían pasado años desde que alguien regara las plantas. No quedaba ninguna, ni siquiera recuerdos; solo un intento de piso lleno de moho y algunos cántaros rotos. Pero el abuelo insistía:

—Diles a los mellizos que cuiden mi jardín, ellos lo dejan siempre bonito. Diles a esos muchachitos que vengan a jugar. No, mejor diles que voy a jugar yo con ellos.

El joven lo miró con extrañeza y apretó los dientes arrugando el entrecejo. «¿Mellizos?» preguntó para sus adentros. Un pequeño rezago de alma se escapaba en ese instante etéreo.

Veinte céntimos

Hace algún tiempo, épocas recientes postpandemia, tenía la responsabilidad de frecuentar el mercado. Era casi la misma lista de siempre; lo que más importaba era conseguir el alimento balanceado de mis mascotas, tratar de buscar la misma marca o similares que fueran palatables para ellos, pensando principalmente en comprar todo lo posible, debido a la escasez de productos propia de las crisis sanitarias.

Caminaba al mercado municipal, entonces, acomodando mis audífonos inalámbricos blancos, favoritos, infaltables en mi rutina. Colocaba la mascarilla obligatoria a la altura correspondiente, una gorrita negra con letras rosadas y muchísimo bloqueador sobre los brazos descubiertos y parte de la cara.

Era un placer estirar las piernas luego de tanto encierro. Iba observando por el camino los estertores de una ciudad que empezaba a despertar de nuevo, luchando contra la realidad e intentando superarla, imponiéndose al miedo y rezagos de la enfermedad.

Tomaba la misma ruta, mismos pasos, y llegué a contabilizarlos para competir conmigo misma. Me entretenía fácilmente y por momentos me perdía entre mis pensamientos. El más recurrente trataba sobre informes o trabajos académicos del posgrado; sin embargo, me apasionaba ir coreografiando y siguiendo la música en secreto disimulo, fingiendo ser parte de ella o dramatizando por ratos.

Durante esos días no tenía trabajo, aunque me había esforzado años para conseguir mi licenciatura. Me invadía siempre una sensación de fracaso y vergüenza por ser una carga para mi familia. En casa comprendían la situación, nunca me juzgaron ni criticaron, todo lo contrario, consideraron asignarme algunas tareas para mantener mis responsabilidades. La empatía de mis padres, su amabilidad y preocupación devastaban mi dignidad.

Pero respecto a ello, intentaba no sobrepensarlo, creyendo que llegarían días mejores y que mi ímpetu por el estudio y academicismo sería recompensado ¿por la vida? De igual manera, esperaba que la situación cambiara y se adecuara a mi soberbia habitual.

Subí la gradería para ingresar al comercio mayorista y comenzar a tachar cosas de la relación. Abrí la bolsita tote que utilizaba para guardar las compras y fui acomodando los hilos de coser, la botella de algarrobina, el ají en polvo conforme pasaba de tienda en tienda. Sacaba los billetes o monedas que mi mamá había previsto para encargarme, en confianza de una cuenta bien hecha; pagaba y me retiraba, reanudando la lista de reproducción de un teléfono sencillo, con teclado físico, que usaba en las calles para no levantar sospechas de los ladrones merodeadores.

Dejaba para el final lo que correspondía a los animales de casa: era una caja de veinticuatro o cuarenta y ocho atunes, según estuviera disponible. Salía por una de las puertas posteriores del establecimiento principal y enfilaba a una de las bodegas laterales.

La vendedora me reconocía cada vez y me sonreía, confirmando si compraría lo mismo, añadiendo o quitando algunos detalles. Tomaba el pedido en la computadora del mostrador, quitaba el lapicero de encima de la oreja y en un trocito rectangular de cartulina escribía el número de pedido que figuraba en el sistema junto con el precio que debía ser reconocido en la caja.

Con el cartoncito en las manos, saqué mi billetera del bolsito cangurero que nunca faltaba en mis excursiones y observé la cantidad justa de dinero que pagaría; lo deslicé por debajo del vidrio de la ventanilla, en la fuentecita de plástico extendida. El cajero, de quien sabía que era el dueño del negocio, sonriente me devolvió unos cuantos céntimos y la boleta para recoger el pedido en la encimera próxima.

Esperé que los jóvenes despacharan a otras personas antes de mí, incluso traté de no estorbar y colocarme al lado del mostrador hasta que llegara mi turno. No muchos minutos transcurrieron, quizás uno o dos, al realizar que una mujer bajita consultaba algunos precios en la ventanilla principal de ventas.

La mujer llevaba un sombrero de ala ancha, la cara semicubierta hasta por debajo de la nariz, liberando ojos rodeados de líneas de expresión, cansancio y humildad. La ropa también era reconocible; la usan las personas que trabajan en el aseo municipal de parques o avenidas principales. Aparte de ello, una chompa fina y mangas raídas protegían sus brazos y parte del cuello. Con timidez y formando frases un tanto erradas en gramática, consultó:

—¿A cuánto tiene'a Pura Vida chiquitita? Así'e tarrito.

La misma señorita que antes me había sonreído con amabilidad, con esfuerzo por atenderme prontamente y conociendo mis preferencias, contestó con desprecio y frialdad. No estoy segura de la respuesta exacta, pero entendí que a la humilde compradora le faltaban algunos céntimos para comprar el tarro de leche. La marca, en particular, se le considera en el habla popular peruana como una mezcla láctea que no llega a la altura de ser leche, pero tiene componentes cremosos y lácteos para compensar el título. Es una de las más, más, muchísimo más económicas de la industria.

La señora volvió a contar las monedas de la mano izquierda: «Me faltan veinte céntimos». Miró a los lados desesperadamente en busca de ayuda, y me encontró con la mirada. Sus ojitos desgastados suplicaron piedad.

—No me han paga'u, señorita, h'esta'u barriendo'esde temprano, ¿no tendrá unos veinte centimitos pa'completar más'quese'ya pa'l tarrito?

Me vi en aprietos. Recordaba que tenía algunas moneditas del vuelto, pero nunca contaba, o si contaba luego lo olvidaba. Traté de confiar en la posibilidad de que al menos tuviera dos moneditas de diez. Saqué nuevamente la billetera y abrí el cierre lateral; ausculté el contenido con extrañeza. Había varias monedas que no pertenecían al cambio que debía devolver a mi madre. Era un mísero dinero mío oculto quién sabe por cuánto tiempo. Definitivamente era más de veinte céntimos, quizás más de uno o dos soles, algún sencillo olvidado sin querer.

Era un «mísero» dinero mío. Mísero. Esa palabra resonó en mi cabeza. La connotación de la miseria pesaba con otra magnitud para cada ser. Recién lo comprendía.

Tomé el dinero y se lo entregué de inmediato. Estiré la mano y deposité el puñadito en la suya. La mujer me miró encantada, sorprendida e incrédula por su nuevo nivel de riqueza. Colocó mis manos entre las suyas, las jaló contra su frente y reverenció un par de veces en señal de agradecimiento. «Gracias, señorita, gracias, gracias, señorita, gracias».

Le dieron un trocito de cartulina con el pedido, y con la diferencia decidió agregar unos sobrecitos de manzanilla.

Pagó y acto seguido le dieron lo suyo, de manera inmediata, sin esperar nada.

Reparé en la demora sobre mis cosas. Un tipo se encontraba delante mío, sin darse cuenta del orden de la fila.

Con el pedido delante, ya en mi turno, comencé a dudar. Si saco algún objeto... si le doy algo...

Los milisegundos de vacilación me jugaron en contra.

Me volví a buscarla con la mirada, con entero arrepentimiento y dolor en el alma, pero ya no estaba por ningún lado.

Con el corazón roto, hecho mil trizas, maldiciéndome por dentro a causa de mi lentitud, tomé la caja con los productos, la acomodé entre mis brazos y me fui del lugar, sin sentir el peso, pensando cuán vacía y egoísta podía ser mi vida.

Nunca volví a pensar en situaciones banales; comencé a observar y retener las nimiedades que deja el día a día y la gente que se arrastra con o tras ellas.

Lecturas recomendadas

Gente de valijas (Wilson Charry)

Cuentos y relatos (Bertoldo Herrera Gitterman)

¡Buen día, profesora! (Clara Wolman)

Relatos al pie de la letra (Ricardo Bejarano González)

EDIQUID

www.ingramcontent.com/pod-product-compliance
Lightning Source LLC
LaVergne TN
LVHW010121170826
845678LV00012B/2522

* 9 7 8 6 1 2 5 1 8 4 3 2 0 *